고양이처럼 아님 말고

고양이처럼 아님 말고

다혈질
고양이
탱고와

집사
남씨의

궁디팡팡
에세이

남씨 글·그림

시공사

그림을 그리다 보면 본 작업에 들어가기 전 대충 그려본 스케치가 실제 완성된 그림보다 훨씬 생동감 넘치고 아름다운 경우가 종종 있습니다. 이것은 '잘해야 한다'라는 압박이 없는 상태로 그림에 임했기 때문일 것입니다. 반대로 잘 그리려고 노력하면 할수록 어깨는 뭉치고 손은 굳어버려서 펜을 던져버리기 일쑤였지요.

이것은 비단 그림에만 해당하지 않습니다. 인정받고 싶어 철야를 해가며 보고서를 만들었는데 이를 10초 만에 훑어본 상사가 처음부터 다시 만들어 오라고 한 적도 있고, 친해지고 싶은 사람에게 적극적으로 다가갔지만 그의 눈에서 그만 불편함을 읽어버린 일도 있으며, 연인과 화해하려고 용기를 냈지만 어쩐 일인지 상대의 마음이 더 굳게 닫혀버리는 등 삶에서도 비슷한 일들을 종종 겪었던 것 같습니다. 잘하려고 노력하면 할수록 멀어져만 가는 것들을 보며 제가 할 수 있는 것은 좌절밖에 없었지요. 삶은 한 번뿐이고 늘 실전이니까.

그런 와중에 고양이 탱이(탱고)가 제 삶에 들어왔습니다. 탱이는 한 번뿐인 삶을 꽤 대충 사는 것 같았습니다. 결코 서두르는 법이 없고 뭔가를 잘하려고 애쓰지도 않았어요. 고양이를 안아보신 분은 알겠지만 몸에 힘이 하나도 없어서 안는 순간 축 늘어지지요. 그들이 회사원이었다면 경위서 100장은 족히 썼을 것으로 예상되는데 신기한 건 그렇게 한결같이 대충인 태도로도 자신의 일

은 규칙적으로, 충실히 해낸다는 것입니다. 자고 일어나 앞뒤로 힘껏 기지개를 켜는 것부터 시작하여 화장실 뒤처리를 말끔하게 해내고, 기분이 좋으면 골골송을, 기분이 나쁘면 하악질을 하다가도 또 언제 그랬느냐는 듯 잠을 잡니다.

어떤 일을 잘하기 위해서는 그들처럼 잘하려는 욕심을 버린 채 온몸에 힘을 빼고 대충 해야 하는 건지도 모르겠습니다. 저는 그들에게서 영감을 받아 어설프게나마 '대충 사는 척'을 하고 있습니다. 열심히 대충인 척하다 보면 정말 대충 살게 될 날도 오겠지요.

이런 마음으로 쓰고 그렸습니다. 그러니 여러분도 부디 이런 마음으로 이 책을 봐주셨으면 좋겠습니다. 턱을 괴어도 좋고, 약간은 거만한 자세로 의자에 기대어 앉는 것도 도움이 될 것 같습니다. 할 수 있는 최고의 대충인 자세로 저희가 보내는 '궁디팡팡'을 맞아주시기 바랍니다.

고양이처럼 아님 말고.

대충 원고 수정을 마친 날, 남씨

차례

1장

주인공은 죽지 않는 법

2장

위로가 필요하냥

3장

고양이처럼 아님 말고

4장

고양이는 결코 서두르는 법이 없지

5장

망설이지 말고 그냥 해

수없이 좌절했던 과거의 나를 떠올려보다가
이 정도 장애물 따위는 아무것도 아니라는 듯
무심한 표정으로 문틈을 빠져나가는 너를 보며
노트에 적어본 네 글자.

'아님 말고.'

주인공은 죽지 않는 법

1장

검은색 재킷 입은 사람이
범인이래.
소곤소곤

스포 금지

내가 어떻게 될지
나 자신조차도 모르는데
그런 내 미래에 대해
남에게 물어볼 필요는 없어.

스포일러를 들으면
결말은 시시해지는 법이니까.

#남의인생에대해 #이러쿵저러쿵스포금지

대백과가 필요해

좋아하는 이가 생길 때마다
그 사람을 주제로 한
대백과가 있으면 좋겠다는 생각을 한다.

무엇을 좋아하고 또 싫어하는지,
잠이 많은 편인지 적은 편인지,
쉬는 날에는 뭘 하는지,
어떤 간식을 좋아하는지
시간을 내서 천천히 읽어보고 싶다.

#딱히널위한건아냐 #내것도누가좀 #읽어줄래

고양이
대백과

사람 털 알레르기.
고양이 털 알레르기.

맞춰가는 중

누구나 단점이 있지만
그 단점 이상으로 매력적인 사람이 있다.

단점이 눈에 뻔히 보이는데도
서로에게 끌린다면
그것이야말로 진정한 사랑이 아닐까?

#맞춰가며사는거지뭐 #근데털은좀 #한곳에모아놔라

차··· 참치 캔!

때로는 편법을

불투명해 보이는 미래지만
실눈을 뜨고 보면
의외로 잘 보이기도 한다?

두 눈을 부릅뜨고 살았는데도
나아지는 게 없었다면
약간은 편법을 써도 괜찮잖아.

#내눈엔 #참치캔만보여

어디까지 가니

"누구 나와줄 사람 있니?"

별것 아니지만
나를 구해주는
누군가의 관심.

#어디까지가니 #남친기다리는중인데옹

골골송
작사 : 고양이
작곡 : 고양이

실수는 누구나 하는 법

괜찮아. 실수는 누구나 하는 법이니까.
노래 한 곡 부르면 기분이 좋아질 거야.

야, 잠깐.
이거 네가 꼈냐?

#방금끈노래 #골골송이었어

물 온도 괜찮으ㅅ….

각자의 온도

누군가에게는 알맞은 온도가
나에게는 너무 뜨거울 수 있듯
각자가 적당하다고 느끼는 온도는
모두 다를 수밖에 없다.

누군가가 나에게 뜨거움을 강요하면 불편하듯
내가 권하는 온도 역시
누군가에게는 불편할 수 있다.

기억하자. 내게 딱 좋은 온도는
나에게만 편안하다는 것을.

#목욕후에는 #꼭바나나우유를

TELEPHONE
I MISS YOU.

안부

잘 지내요?
자주 연락은 못 해도
가끔 당신 생각 해요.

나는 잘 지내요.
가끔 내 생각 해줘요.

#행복했어요 #그리고고마웠어요

눈에 밟힌다는 건

눈에 밟힌다는 건
이런 것일까.

#출근하지마옹

BUT
I LOVE YOU.

가족

"검은 옷이 흰옷 될 때까지
함께하시겠습니까?"

"네."
"냥."

"가족이 되었음을 선언합니다."

#가족사진 #얼굴작아보이려고뒤로감

책갈피

과거에 어디까지 읽었는지,
얼마나 재미있었는지는
중요하지 않아요.
지금부터 읽을 부분은
더 흥미로울 테니까요.

#그래서내가 #갈피를못잡나

빨간 선일까
파란 선일까!
으아아아,
어떡해!
뚝
왜?

폭탄

심각하게 고민하지 말아요.
자신이 인생의 주인공인 한
그 폭탄은 터지지 않을 테니까요.

#주인공은 #죽지않는법

정면 승부

덜컥 슬픔이 나를 찾아왔다면
애써 피하려 하지 않아도 돼.
그냥 한 대 맞고 울면
의외로 후련할 수 있거든.

#수건은아직 #던지지마오

초보 운전

조금 서툴러도 이해해주세요.
우리 모두 처음 살아보잖아요.

#그래도우리 #중앙선은지킵시다

실례합니다.
면허증 좀 보여주세요.
초보
저는 조수석인데옹.
척!
1종
보통
사람

도를
아십니ㄲ….

칭찬

"인상이 선하세요~."

길을 걷다가 모르는 사람에게 칭찬을 받았다.
모르는 사람도
이렇게 나의 좋은 점을 발견해주는데
문득 누군가를 칭찬해본 게 오래된 것 같아
괜스레 부끄러워졌다.
오늘은 받은 칭찬을 지인들에게 나누어줘볼까.

#난데 #전화좀받아

부끄러운 부분

부끄러울 수 있는 부분을
서슴없이 드러냈기에
우리는 더 가까워졌나 보다.

#나도보여줄게 #이게나다

Z Z Z
철퍼덕
?

아이고, 예예~.
감사합니다요.

친구에게

네가 더 많이 가졌다는 이유로
나한테 미안해하지 않아도 돼.
나는 물질적인 것 때문에
너를 좋아하는 게 아니니까.

#냥심써줘서 #고오오맙다

서투른 어른

초등학교 때, 좋아한다는 말을 못 해서
친구를 괴롭힌 적, 다들 있잖아?

나는 어른이 되어서도
그 버릇을 못 고쳤나 봐.
이렇게라도 누군가의 관심을
끌고 싶은 걸 보면 말이야.

그런데, 세상에는 그런 어른이 의외로 많다?
누군가를 좋아하는 게 서툰 사람들.
이제 다 컸는데
좋으면 그냥 좋다고 말해버려.

#그래서나도이렇게 #괴롭힘을당하나

야! 이!!!!
귀엽둥이야….

걱정에 짓눌리기에는

남들은 노후 준비다, 결혼 준비다 하면서
투잡도 뛰고 이것저것 배우던데
나는 지금처럼 평범하게
하루하루 살아가도 괜찮은 걸까?

걱정은 내일 하고 예능이나 한 편 보고 자자.
이렇게 걱정에 짓눌린 채로 잠들기에는
지금이 너무 아깝잖아.

#너무많이봤다 #폭망

ㅋ ㅋ ㅋ

Z Z Z

행복 강박증

조금이라도 불행한 요소가
내 삶에 들어오려고 하면
'어서 행복해져야 해'라고 강박을 느낀다.

행복해지고 싶어서 이러는 건데
그 과정은 그리 행복하지 않은 듯.

#행복하게살아야한다는게 #때로는스트레스

Campbell
Tomato
SOUP
엄청 신경 쓰여,
저거!
행복할 수가 없다.

저녁 있는 삶

저녁 있는 삶을 갈구했더니
회사에서 저녁을 준다.

#저녁이 #회사에서있는삶

이야~ 야근한다고
이렇게 직접 저녁 사 오는
부장이 세상에 어디 있어?
많이들 먹고
오늘 꼭 프로젝트
마무리하고 가.
나는 집에 일이 있어서
먼저 들어가봐야 하니…
까.
캬악!

속마음과 다르게
차갑게 말함.
오빵. 인사해.
내 친구들이야.

순해 보이지만
술 마시면 과격함.
까칠해 보이지만
예스맨.
귀여운 얼굴로
막말.

특징을 이마에

때로 이런 생각을 한다.
사람마다 각자의 특징이
이마에 대문짝만하게 적혀 있으면 좋겠다고.

처음 만나는 사이라도
서로 상처 주지 않고 또 상처받지 않도록.

#또서로의장점을 #알아봐주도록

2장

위로가 필요하냥

여어!

이상한 사람으로 보일지라도

패션 테러리스트처럼 옷을 입고 가서
친구들에게 웃음거리가 된 날이 있어.
그런데 몇 달 뒤에 그날 이야기를 하니까
아무도 기억하지 못하는 거야.
그날의 내 옷차림을 기억하는 건 나뿐이더라고.

종종 남의 시선을 의식해서
부자연스러워지는 내 모습에
혼자 상처받곤 했는데
사람들은 생각보다 타인에 대해
깊이 신경 쓰지 않는 것 같아.

그러니, 다른 사람들 눈에
내가 조금 이상한 사람으로 보일지라도
너무 신경 쓸 필요 없지 않을까?

#근데그날은 #나름꾸민거였는데

실패

기술이 발전함에 따라
흑연 가루를 손에 묻히지 않아도,
지우개 밥을 청소하지 않아도,
찢어진 종이를 테이핑해가며
차곡차곡 보관하지 않아도
그림을 그릴 수 있게 되었지만
디지털 작업에 큰 매력을 느끼지 못하는 이유는
그곳에는 실패가 없기 때문이다.

잘못 그어진 선에는 당시의 긴장감과 감정이 배어 있다.
그 실패를 받아들이지 않고 예쁜 선으로 고치면
그림은 세련되어지지만 어쩐지 맛이 없어진다.
실패가 두려우면서도
실패가 없으면 매력을 느끼지 못하는 아이러니.

#그래도Ctrl+Z는소중해

Z
Ctrl

소중한 것

정말로 소중한 것들만 담고 싶어서
꼭 남기고 싶은 것들만 찍었는데
금세 떠버리는 용량 경고에
소중한 것이 이렇게나 많은 사람이었나
생각해본다.

#16기가 #그런데우리 #실물이더나은것같지않니

우산이 필요한 날

마음속에서 비가 올 때
누군가가 우산을 들고
나를 마중 나와줬으면 좋겠다.

어릴 적, 학교 앞에서
나를 기다려줬던 엄마처럼.

#마음속우산이필요하냥

우승 상품 : 캔 사료
오늘부터 1일이다,
우리!

상상의 무게

어렸을 때는 2000년이 되면
차가 날아다니고, 사람이 300살까지 살고,
서울에서 인천 가듯 우주에 갈 줄 알았다.

지금, 미래 때문에 크게 휘둘리고 있다면
조금 내려놓아도 될 것 같다.
우리가 걱정하는 미래는
생각보다 싱거울 수 있으니.

#상상이란늘 #실제보다격한법

용기 내기

초등학교에서 처음 분수를 배우던 날,
나는 분수를 이해할 수 없었다.
세상에, 숫자 위에 또 숫자라니!
수줍음이 많은 학생이었던 나는
질문하는 대신 수학을 포기했다.

삶에서 용기가 필요할 때마다 용기를 내어왔다면
나는 지금 어떤 모습일까 상상해본다.
비록 그렇게 수학은 포기했지만
앞으로는 어떤 일에서든 주저하지 않고
용기 내는 내가 되기를 바란다.
그날 손을 들고 질문했더라면
지금쯤 수학자가 되어 있을지도 모를 일이다.

#분수도모르고

어이, 거기!
차라리
날 괴롭히시ㅈ….

CAUTION
CAUTION
CAUTION
CAUTION
CAUTION
접근 금지입니다.

마주하고 싶지 않은 것

뚜껑이 닫혀 있는 공중화장실의 변기처럼
마주하고 싶지 않은 것이 나타난다면
주저하지 말고 그냥 피하기로 해.

참아내면 이로울 수도 있다는 희망에 사로잡혀
싫은 것들을 억지로 마주하고 있다 보면
자칫 더 큰 재앙을 만날 수도 있으니까.

그럼 이만 옆 칸으로 이동해볼까?

#그러나옆칸도 #그리고옆옆칸도

미움 줄 용기

받기만 할 수 있나요.
받은 만큼 베푸는 것이 도리지요.

#저정확한사람입니다 #한다면한다

INK
TEA
TEA
INK
INK
TEA

고민

웃음이 많은 그녀는
자신이 헤퍼 보이지 않을까 고민이다.

부유한 집에서 자란 그는
친구들이 자신의 돈을 보고
접근하는 것 같아 걱정이다.

대작을 완성해낸 그는
다음 작품에 대한 부담이 커서
붓을 들 수가 없다.

찔러서 고민 하나 나오지 않는 사람은 없다.

#자기만의먹구름을 #떨쳐내는날이오길

두 살 되면
장모종 된다며!

30대가 되면

30대가 되면 집도 있고, 차도 있고,
저축해둔 돈도 많을 줄 알았지.
그리고 왠지 10년 뒤에도
이것과 비슷한 문장을 쓰고 있을 것 같아.

'40대가 되면 집도 있고, 차도 있고,
저축해둔 돈도 많을 줄 알았지.'

그래도 50대가 되면 좀 다르지 않을까?

#집이랑차랑돈은 #도대체언제쯤

개성

나의 개성은
우리가 함께할 때 더 분명해져.

#개성이란그런것

과소평가

자만에 빠지는 건 좋지 않지만
자신을 과소평가하는 것 역시 좋지 않다.

우리는 생각보다 더 거대한 존재이니까.

#어쩐지 #옷이끼더라

굳은살

나는 지금 내가 하고 있는 일과
미래의 계획에 대해 이야기하는 것을 좋아하지만
아버지 앞에서는 내 계획에 대해 말한 적이 없다.

아버지 손에 박힌 굳은살들 앞에서는
말을 아껴야 한다.

#진짜는 #손으로말하는법 #존경합니다

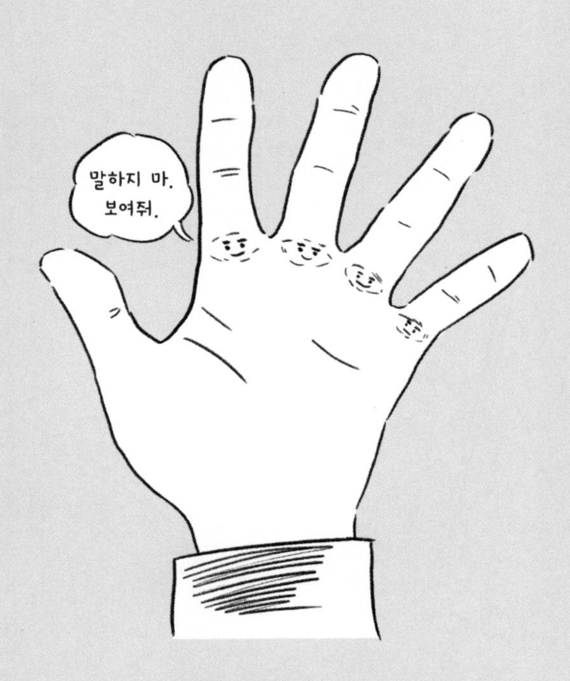
말하지 마.
보여줘.

자식, 좀 생겼는데?

근거 없는 자신감

학창 시절에는 만화책을 보느라
학교와 학원을 밥 먹듯이 무단결석하곤 했다.
"그냥 한번 혼나면 되지"라는
근거 없는 자신감으로.

어른이 된 지금은 결석은커녕
약속 시간에조차 늦는 법이 없다.
나 자신으로부터, 타인으로부터, 사회로부터
혼나는 게 무섭기 때문에.

근거 없는 자신감을 상실하는 순간
사람은 어른이 되나 보다.
노력으로는 도저히 가질 수 없는
근거 없는 자신감.

#근자감이가장높을때는 #샤워후거울볼때

오빠가 요즘
바쁜 것 같아서
내가 저녁 준비했옹.
뭐야… 너답지 않게
왜 그래?
나다운 게
뭔데!!
그거야 그거….

나답게, 너답게

여러 사람의 기대에 부응하기 위해
애써 너를 바꿀 필요는 없어.
너를 좋아하는 사람들은
바로 너의 너다운 모습을 좋아하는 거니까.

그러니 부디 자신의 매력을 버리지 말고
가장 '나답게 멋진' 사람이 되기를.

#우리는모두 #매력남녀

꼭 그렇게
다-아
가져가야만
속이 후련했
냥!!
캬악!

나누어요

혼자서만 다 가지려고 하지 말아요.

사랑.
희망.
자유.
공감.
우정.
행복.
평화.

이렇게 정말 중요한 것들은
나누어 가져야만 의미가 있잖아요.

#해바라기 #김래원 #고양이 #하악질

나잇값

나잇값 좀 하라고요?
그럼 나잇값 좀 두둑이 쳐주든가.

#에누리안됨 #정산은언제인가요

에누리 되나?

오늘은 힘을 쭉 빼고
발로 그려보겠습니다.
뜻밖의 재능.
오빵,
그냥 이 길로
나가라.

내려놓기

고3 시절, 석고상을 까맣게 그리던 친구가 있었다.
선생님은 '내려놓음'이 필요하다고 말했지만
시험일이 다가올수록
친구의 석고상은 더 시커멓게 그을어갔다.

모든 실기 시험을 마친 날,
친구는 마지막으로 한 번만 더
석고상을 그려보겠다고 했고, 그가 완성한 그림은
믿기지 않을 정도로 하얗고 눈이 부셨다.

'내려놓기'란 참 얄궂게도
마음먹는 것만으로는 불가능하다.
정말로 내려놓을 수 있는 상황이 와야만
그렇게 할 수 있으니 말이다.

#혹시지금 #내려놓아야할때가아닌가요

노래나 들을까

나도 내가 왜 이런지는 모르겠지만
울적한 기분에도 종류가 있어서
따뜻한 말로 위로받고 싶은 날이 있고,
차라리 더 우울해져서
확 울어버리고 싶은 날도 있고,
또 미친 척 날뛰어야만 기분이 풀릴 때도 있다.

이런 나를 다 받아줄 사람은 없을 것 같으니
오늘은 그저 플레이리스트를 뒤져본다.
내 마음에 드는 위로를 선택해서 들을 수 있으니까.

#오늘은 #헤드뱅잉좀 #해야풀리겠다

마음먹기

마음에도 칼로리가 있다면
나는 고도비만이겠지.
먹기만 하고 움직이지 않았으니까.

먹은 만큼만 움직이면 되는데
이 간단한 걸 실행하기란
왜 이리 어려운 걸까.

#움직이기싫다 #난예전에끝났어

캬악!
···.

막말로

"막말로"라는 말을 자주 쓰는 그는
자기가 정말로 막말을 하고 있다는 걸 모른다.

#비슷한말로는 #솔직히말해서 #까놓고이야기해서 #가있다

미련

음주 시 혈중 알코올 농도가 일정 기준을 넘으면
아무에게도 연락할 수 없게끔
휴대전화 잠금 패턴이
열두 시간 동안 임의로 변경되게 하면 어떨까?

누군가에게 미련을 가지고 있는 사람들이
술김에 속마음을 표현하는 바람에
다음 날 자신을 자책하는 상황을
방지하는 시스템이 개발되어야 한다고
생각해보는 아침이다.

#삐빅 #전화면허정지입니다

3:20
우웩!

고양이처럼 아님 말고

3장

상대성

누군가에게는 아무것도 아닌 일이
다른 누군가에게는
오늘 일어난 일들 중 최악의 사건일 수 있듯
내가 겪은 최악의 상황 역시
다른 사람에게는 별것 아닌 일일 수 있다.

그러니 지금 최악의 상황을
맞닥뜨리고 있는 것 같다면
이렇게 생각해보자.
이건 나에게만 최악의 상황인 거라고.
다른 사람에게는 별것 아닌 일일 수 있다고.

#그거먹는거아니야 #나한테주는것도아니야

놓아주기

지나간 일은 잊어버려.
놓아주지 않으면 상처만 깊어질 뿐이니까.

하나, 둘, 셋 하면 우리 동시에 놓는 거다?
하나,
둘,

먼저 놔.

#놓으라고했다

대화

"락 좋아해? 근데 메탈리카를 안 들어봤다고?"
"재즈를 안 들으면서 무슨 음악을 논하니?"
"그림 좋아한다며, 고흐 말고 또 좋아하는 화가 없어?"
"국산 맥주? 야, 그건 맥주도 아냐~."

누군가는 대화 그 자체가 아니라
자신의 지식과 경험이 얼마나 방대한지,
자신의 취향이 얼마나 근사한지를
말하고 싶어 한다는 것을 깨닫기까지
꽤 오랜 시간이 걸렸다.

그리고, 이러한 사실을 알게 되었다고 해서
그와의 대화가 편안해진 것은 아니었다.

#작작해라 #들을줄도알아야지

NOPE!

마이웨이

하기 싫은 건 안 한다.
하고 싶은 건 꼭 한다.

이것이 바로 고양이가 사는 법.
고양이가 사는 법 중에는
인간이 배워야 할 것들이 꽤 있다.

#캣쌍마이웨이 #난나의길을간다

캣쌰
마이웨이.

생일

딱히 뭔가를 기대한 것은 아니지만
기대를 안 하기에도 마음 한구석이 불편해서
괜히 휴대전화만 들었다 놨다 하는,
1년에 한 번, 혼자 어색해하는 날.

#생일스팸은 #썩꺼지시지

!
Talk! Talk!
[Web 발신]
(광고) 고객님, 생일 축하합니다.
매장 방문하시면
오늘 하루 커피가 공짜!
회원 가입 후
포인트 차감 예정.

한결같지 않아도

어떤 자리에서는 분위기가 어색해
용기를 내어 대화를 주도했다.

어떤 자리에서는 다들 밝고 쾌활하여
굳이 말을 많이 하지 않아도 되었다.

어떤 자리에서는 헤어짐이 아쉬워 2차를 외쳤고,
또 어떤 자리에서는 나오는 하품을 참지 못해
먼저 귀가했다.

누군가에게는 이런 내가 이상해 보이겠지만
사람이 늘 한결같아야 하나?
자리 따라 다를 수도 있는 거지.

#자리가사람을만드는법 #인간카멜레온

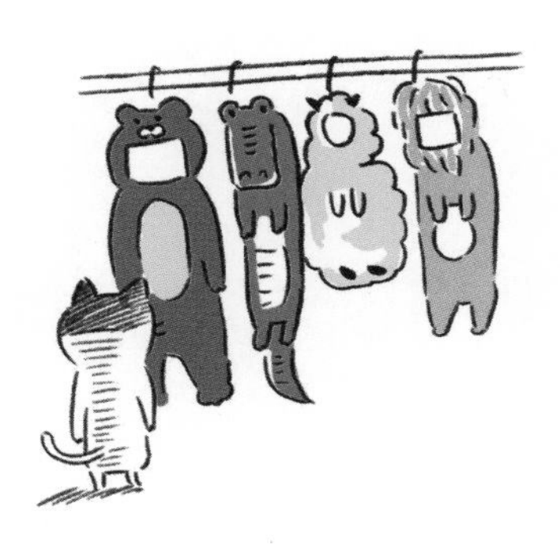

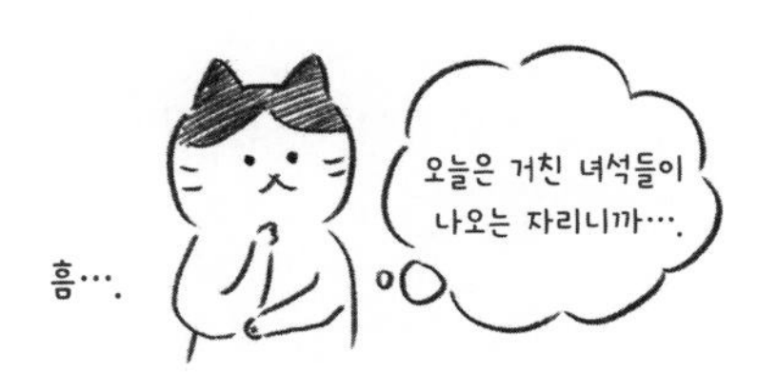
흠….
오늘은 거친 녀석들이
나오는 자리니까….

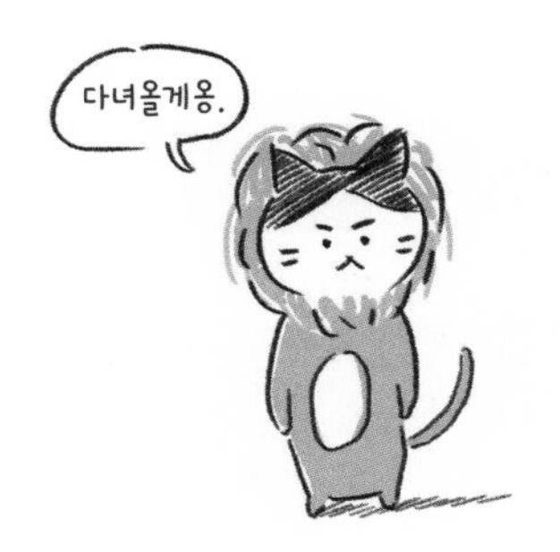
다녀올게옹.

강하게 나가야지!

조언

친구의 고민을 듣고
약간의 조언과 함께 힘내라고 말해줬어.
순간 소름이 돋아버렸지.
내가 친구 입장이었다면
난 절대로 힘낼 수 없었을 테니까.

잔인할 정도로 관대해지는 남의 일.
나 역시 누군가의 조언에 대해
깊게 생각할 필요는 없는 걸까?

#그래도힘냈으면좋겠어 #이건진심이야

마감
힘들지?
10분만 자고 일어나서 해!
자고 일어나서
상쾌하게 다시
시작하면 되잖아.
자고 일어나면 아침일걸?
많이 해봐서 알잖아.
좀 졸리긴 하네.
나는 이제 잘 건데
오빠는 일해야 해.

카리스마

차가 한 대도 없는 횡단보도에서
묵묵히 신호를 기다리는 그가 조금 답답했다.
차도 없으니 그냥 건너자고 말하자
내 어깨를 잡으며 그가 하는 말.

"아이가 보고 있잖아."

카리스마라는 것은 가죽 재킷을 입고
벌컥벌컥 물을 흘리며 마시는 것이 아니다.

#거기꼬마들 #천천히조심해서건너시지

깜냥이

집 앞에서 처음 보는 깜냥이를 만났다.
후다닥 집에 들어가서 간식을 챙겨 나왔는데
이미 깜냥이는 사라지고 없었다.

누군가에게 큰 도움을 줄 수는 없겠지만
그래도 누군가에게 두려움의 대상이 되기보다는
적게나마 도움을 주는 사람이 되고 싶다.
사람에게든, 고양이에게든.

깜냥아, 다음에 또 보자.

#너의이름은 #닌자

색칠 공부

옛날에는 얼굴이든 나뭇잎이든 하늘이든
특정 색상을 고집하지 않고
손에 잡히는 색으로 마구마구 칠했다.
그때는 색칠하는 행위 자체를 즐겼으니까.

어른이 된 지금, 컬러링 북을 펼치면
어린 시절에 비해 조화로운 색상으로,
선을 따라 깔끔하게 칠할 수 있게 되었지만
어쩐지 예전만큼의 즐거움은 느낄 수 없다.

그래, 하나하나 계산해서
규칙대로 채워나가는 것은 재미없다.
의미 따위 없으면 어때?
과거 우리가 즐거워하며 했던 것들은
대부분 아무 의미 없는 일이었는데.

#그렇게나도 #재미없는 #어른이되었다

색칠해볼까요?

마. 음. 대. 로.

고마워

나 같은 걸
좋아해줘서
고마워.

#오늘은말해봐요 #좋아해줘서고맙다고

콤플렉스

어려서부터 새치가 있다는 이유로
많은 사람의 관심을 받았어.

"내가 뽑아줄게."
"어릴 때 한약 잘못 먹었어?"
"생각이 많은 아이구나, 하하!"

지금은 웃어넘길 수 있는 말들이었지만
그때는 내가 남들과 다르다는 생각에
새치는 자연스럽게 나의 콤플렉스로 자리 잡았지.

그런데 말이야, 여러 색깔의 털을 가지고도
이렇게나 아름다운 널 보니까 참 위로가 된다.
우리가 좀 더 일찍 만났더라면
나는 이 콤플렉스에서 자유로웠겠지?

#내말듣고있니 #자니

하나에 500냥!

어어어어색애애액

아아아, 어색해.
내가 뭔가 해야만!

제가
송강호 성대모사
보여ㄷ… 읍!

유체이탈

아아, 그간 참석했던 수많은 모임에서
한 발짝만 물러나 나를 관찰할 수 있었다면,
오버하는 나를 뜯어말릴 수 있었다면
나는 좀 더 세련되고 차분한 이미지로
남을 수 있었을 텐데.

다시는 그때와 같은 일을
저지르지 않겠다고 다짐하지만
참을 수 없을 정도로 어색한 순간에는 어쩔 수 없다.

#유체이탈하는방법 #검색

정직한 사람

정직한 사람이 되라고 배웠다.
그래서 받은 만큼만
정직하게 일하기로 했다.

#몰컴 #정직하게일하는데 #들키면정직

사물이
거울에 보이는 것보다
가까이 있으니
Alt+F4.

목소리

사랑 그것은,
나도 처음 듣는 내 목소리에
문득 놀라게 되는 것.

#7옥타브 #돌고래

캬악!!
잘 있었어?
오~구 오구,
우리 간식 먹을까아?

신도림

일탈

너무 많이 도망쳤기에
일탈은 이제 일상이 되었다.

#신도림역안에서스트립쇼를

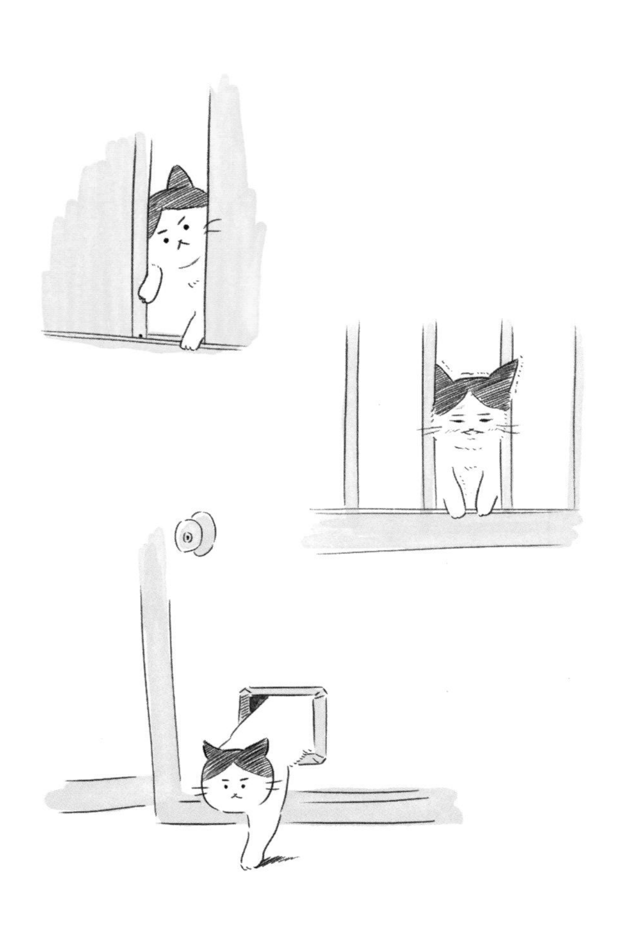

아님 말고

수없이 좌절했던 과거의 나를 떠올려보다가
이 정도 장애물 따위는 아무것도 아니라는 듯
무심한 표정으로 문틈을 빠져나가는 너를 보며
노트에 적어본 네 글자.

'아님 말고.'

#아님말고 #그러든가말든가

아무 일도 일어나지 않은 하루

아무 일도 일어나지 않은,
그저 그런 하루 때문에
허전하고 불안한 마음이 든다면
길에 나가 고양이들과 대화를 나누어보세요.

아무 일도 일어나지 않은 하루가
얼마나 소중한 것인지
그들은 잘 알고 있으니까요.

#하지만빈손으로는 #대화가성립되지않아요

어디가 불편하세옹?
3일째 아무 일도
일어나지 않고 있습니다.
냥냥 펀치 두 대
처방해드릴까옹?

시상식

상을 주고 싶을 정도로
고마운 사람들이 있다.
언제 그 은혜를 갚을 수 있을지 모르니
연말에 모두 모아서
시상식이라도 한번 할까 보다.

#당신에게드립니다 #캣근상

위 집사는
퇴근 후 집에 돌아와
매일매일 나와 놀아주었으므로
이 상장을 수여함.

하나?
두 개.
비빈다면
if..
비빈다면
if..

적당히

적당히 일하고,
적당히 놀고,
적당히 먹고,
적당히 자면 되는데……

매번 적당함을 유지하는 데 실패하여
과하게 좌절하는 나.

#솔까비빈다면은 #두개끓여야함

힐링

아무도 의식하지 않는
온전한 나만의 시간.
비행기를 타고
해외까지 가지 않아도 충분해.
힐링이 뭐 별건가.

#여행블로그보는중 #여행스타그램

좋아요

탱이는 가끔 내 머리를 톡톡 두드린다.
휴대전화 화면을 두 번 두드리면
'좋아요' 하트가 뜨는 것처럼
내 머리를 톡톡 두드려줄 때면
탱이의 앞발에서도 작은 하트가 느껴진다.

화면을 두드리는 것도 좋지만
가끔은 옆에 있는 누군가를 톡톡 두드려주자.
옛다, 좋아요.

#이것이진정한 #냥스타그램

4장

고양이는 결코 서두르는 법이 없지

Her

널 두고 외출하면 마음이 허해.

#넌나의스칼렛요한슨

her

To-Do List

잠자리에 들기 전
빈 체크 박스가 하나도 없는
할 일 목록을 보는 것.

우리의 하루는
그거면 충분하지 않을까?

#오늘도 #하나남아서 #못자고있다

TO-DO LIST
하악질.
휴지 풀기.
우다다.
컵 넘어뜨리기.

주말

"예전에는 주말만 되면
나가서 밤늦게 들어오더니
요즘은 잘 안 나가네?"

"응, 고양이랑 집에 있는 것만큼
좋은 주말은 없어."

#사실마감이야

누구야

누가 자꾸 내 인생에 장난치는 거야?
내가 넘어지는 게 그렇게 우스워?

그런데, 우리 같이 넘어지니까 좀 낫지 않냐?

#범인은이안에 #잡히면가만안둔다

숨바꼭질

지금은 내가 어떤 사람인지 잘 모르겠어도
어린 시절 했던 숨바꼭질처럼
숨어 있는 나를 찾으려고 노력해주세요.

나는 자신을 드러내는 데
시간이 걸리는 사람이니까요.

#느리지만치밀하지

외로움

사람이 만져주면 고양이가 좋아하는 부위,
이마, 턱 밑, 궁디.
모두 자신의 혀로는 닿을 수 없는 부분이다.

문득 겉으로 도도해 보이는 존재들은
실은 외로움을 많이 타게끔 설계된 존재가
아닐까 생각해본다.

도도하고 까칠한 표정과 자태가
그들을 좋아하게 되는 것에
조금은 진입 장벽을 만들고 있는 것 같지만
사실은 그게 치명 포인트인데.

#넌너무치명적이야

불현듯 떠오르는
부끄러운 기억!
그럴 줄 알고
준비했옹.
퍽!
퍽!

이불킥

식은땀이 나도록 부끄러운 기억이 있다.
그런 기억들은 늘 예고 없이 찾아오지.

안 되겠다.
이불을 가지고 다녀야겠어.

#오늘도이불킥중

호칭

나는 특별히 잘하는 과목도 없었고
눈에 띄도록 착하거나
못된 아이도 아니었다.
이토록 평범한 나에게 부여된
특별한 호칭,

집사.

#특별한책임감은 #자매품 #남씨랭

아닌 건 아니야

그만두고 싶은데
도저히 그만둘 수 없을 때가 있잖아.

'이 프로젝트만 끝내면…….'
'지금은 너무 바쁘니까…….'
'나밖에 할 사람이 없으니까…….'

그런데, 확 그만두고 나면
의외로 아무 일도 일어나지 않는다?

고지가 눈앞에 보여도
내가 아니다 싶으면 아닌 거야.

#부숴버릴것이다 #파괴왕

caffé bane
gelato & waffle

좋아한다는 건

누군가를 좋아한다는 건,
내가 무엇을 하든
그 존재가 눈앞에서 아른거리는 것.

#일해야하는데

Esc
F1
F2
F3
F4
F5
F6
F7
!
1
@
2
#
3
$
4
%
5
^
6
&
7
*
8
Q
W
E
R
Y
U
Tab
G
H
J
F
D
S
Caps lock
V
B
N
X
Z
Alt
Ctrl
C
A
T

그림? 돈이 돼?
모아둔 돈은 있고?
그래, 취직은?
집은?
결혼은?
?
꼼지락
꼼지락
캬악!

화내드려요

'화를 냈다가 불이익을 당하지는 않을까?'
'나중에 내가 부탁할 일이 생기면 어떡하지?'
'사람들 사이에 소문이 돌지 않을까?'

화가 나도 말 한마디 못 하는 나를 위해
누군가가 대신 화를 내줬으면 좋겠다.

#프로불편러 #명절에꼭도와줘

청춘 보호구역

그동안 과속하셨던 것은
살짝 눈감아드릴게요.
대신 여기서부터는
시속 30킬로미터 이하로
천천히 달리셔야 합니다.

목적지까지는 아직 한참 남았으니
고양이처럼 힘 좀 빼고 가자고요.

#고양이는결코 #서두르는법이없지

청춘
보호구역
30

타이밍

늘 고마운 사람이 있었어.
표현이 서툴러서 고마움을 표현하지는 못했지만
그래도 늘 고마운 사람.

그런데 어느 날은 이 사람이
평소보다 과하게 친절을 베푸는 거야.
조금 의아할 정도로 말이야.
마치 고맙다는 말을 듣고 싶어 하는 것처럼.

제때 감정을 표현하지 못한 내 탓인 것만 같아서
왠지 마음이 불편하더라.
지금도 계속 생각이 나.
그냥 내 탓인 것만 같아서.

#감사와사과는 #제때제때

어디서 이상한 소리가 나는데?
콰!!
TIME MACHINE
캬악!
지난번에
벌레 잡아준 것
고마웠어!

믿음

아끼던 이어폰이 고장 나서 동일한 모델로 다시 샀다.
그사이 가격이 내렸는지 거의 반값에 구했는데
어쨌거나 음질은 여전히 마음에 들었다.
내 것이 짝퉁이라는 친구의 말을 듣기 전까지는.

믿음이란 이렇게 가벼운 구석이 있다.
그 이어폰처럼 진짜라고 철석같이 믿고 있던 것들이
가짜였다고 어느 순간 허무하게 밝혀지면
그때는 그냥 이렇게 생각하며 나를 다독여야지.
적어도 믿고 있던 동안은 행복하지 않았느냐고.

반값에 큰 깨달음을 얻었다.

#원효대사야뭐야 #해골이어폰

그거 짝퉁이야.

가시

내가 가시를 꽁꽁 감춰둔 이유는
이걸 꺼내면 나도 아프기 때문이에요.
그러니 우리,
서로 아프게 하지 않기로 해요.

#이것이바로 #화내면나도아픈이유

위로

위로는 아래로 가서 하는 것.

#위아래 #위위아래

벗어나기

한참 몰입해서 그림을 그리다가
어느 순간 뒤로 물러나서 본다.
나는 이 작업을 "벗어나기"라고 부른다.

중심에서 조금 벗어나보면
선이 예쁘고 못나고의 여부는 중요하지 않다.
내가 하려던 이야기가 어떤 것이었는지,
맞게 그려나가고 있는지가 보인다.

하루하루가 조금 삐뚤빼뚤해도 괜찮지 않을까.
내가 가고 있는 방향이 올곧다면.

#그래서그림이 #아직도이모양

이제
그만 집착하라고!

키

학생 시절, 내 키가
쑥쑥 자라리라 기대했던 엄마는
약간의 샤머니즘적인 염원까지 담아
두 사이즈나 큰 교복을 사주었지만
결국 내 키는 더 크지 않았다.
그 결과 나는 '큰 교복을 입은 작은 애'라는
수치스러운 타이틀을 3년간 견뎌내야 했다.

곧 펼쳐진 멋진 미래를 위해
당장의 괴로움만 잘 견뎌내면
될 거라고 생각하는가?
아니, 멋지게 살고 싶다면
지금 그렇게 살아야 한다.

#나도울고 #엄마도울고 #교복도울었다

힙합 하는
애들인가 봐.

네일#
짜잔!
오빠 오빠!
나 네일 했당~.
이거 봐라~.
봐달라고~.
이거 먹… 아니,
이거 봐라~♥

관심

때로는 사소한 관심이
누군가의 삶을 통째로 변화시키기도 한다.
내 낙서를 보고 관심을 가져준 친구가 없었다면
나는 그림이 아닌 다른 길로 들어섰을 테지.

관심을 필요로 하는 사람이 있다면
까짓것 한번 보여줍시다.
닳는 것도 아니니까요.

#나오늘 #뭐달라진거없어?

결이 맞는 상대

일기 쓰는 것에 조금 더 동기를 부여하고자
고가의 다이어리와 만년필을 샀다.
내 일기의 핵심은 나의 빈틈을 적는 것인데
빈틈없이 잘빠지고 세련된 다이어리와 만년필로는
좀처럼 솔직한 글이 나오지 않았다.

역시 사람이든 문구든
결이 맞는 상대가 있나 보다.

#만년필팝니다 #사용감거의없음

좀 들어가도
되겠습니까?

하품

가리지 않고 입을 쩌억 벌려 하는 하품이 좋다.
우리가 가식 없이 가까운 사이라는 것을
증명해주는 것 같으니까.

내 앞에서 하품하는 사람들이
더 많아졌으면 좋겠다.

#내가재미없어서는 #아닐거야

후아아아아암.
하~~암.
쩌억
쩌억
작작 해라.

반겨동물

지치고, 힘들고, 괴로워도
무사히만 돌아와줘요.
내가 꼭 반겨줄게요.

#우리집에놀러와 #집사방금나감

망설이지 말고 그냥 해

5장

선물

너에 대해 잘 알고 있다고 생각했는데
선물을 고를 때면
정작 아는 게 별로 없다는 걸 깨닫는다.

어떤 색을 좋아하는지,
어떤 버릇이 있는지,
부족한 것은 없는지 등
이런 사소한 것들을 새로이 알아갈 때마다
그제야 우리가 조금 더 가까워지는 느낌이다.

자주 선물해야겠다.
너를 더 알기 위해.

#다음달부터선물해야겠다 #텅장

우와, 이게 뭐야?
생선.
생일 선물인 건 알겠는데
내용물이 뭐냐고.
생선.

우리의 공통점

전혀 다른 우리의 유일한 공통점은
바로 우리가 친구라는 것.

#그래도너보다는 #내가더잘생김

자서전을 쓴다면

죽기 전에 누구나 자서전을 남기게 된다면
그 책에는 행복했던 기억은 물론
시련도 담겨 있을 것이다.
행복한 이야기로만 꽉 채워지는 책은
재미도, 공감도 얻지 못할 테니까.

"그래그래, 나도 그랬어"라며
사람들이 위로받고 공감할 수 있는 것은
바로 시련 부분일 것이다.
그러니 시련을 마주할 때면
좌절하는 대신 이렇게 생각했으면 좋겠다.

나는 지금 내 책에서
가장 재미있는 부분을 쓰는 중이라고.

#매일이 #가장재미있는부분인건 #함정

고양이와 함께한다는 건

평범한 일상이 드라마가 되는 것.

고양이와 함께한다는 것은
그런 것입니다.

#장르는 #아마도 #코믹

하~ 개운…
하지가 않아.

우와아아아!
헐크….
우리 오빠
내놔!

변신

아무리 극악무도한 악당이라도
변신할 때는 주인공을 건드리지 않잖아.

꼭 변해야 할 시점이라면
이것저것 눈치 보지 말고 바로 행동하기로 해.

어느 날 갑자기 내가 바뀐다 해도
히어로로 변한다면 미워할 사람 없으니까.

#미워하면 #반칙

영향력

이어폰은 우리의 귀가 두 개인 것을 감안해
왼쪽과 오른쪽 귀 모양에 맞게 각각 디자인된다.

의자는 우리의 무게를 분산시킬 수 있도록
등받이와 방석, 다리라는 형태로 디자인된다.

우리의 발에 물갈퀴가 있었다면
신발의 형태는 지금과 달랐을 것이고
눈이 하나였다면 안경 렌즈는 당연히 하나였을 것이다.

모든 제품은 우리에게 맞추어 디자인되고 있다.
우리는 존재 자체만으로도 이렇게나 영향력 있다.

#그러니우리모두 #자신을소중히

짜잔!
너한테 딱 맞는
디자인이지?
응. 딱 좋다, 오빵.
골골골

여정

어떤 여정들이 찍힐까?
내 남은 인생의 여권에는.

#나하기나름

IMMIGRATION
02 DEC 31
NOV 1 7 2017
SECURITY
FEB 1 4 2016
ADMITTED
2019. SEP 16
UNTIL
IMMIGRATION
AUG 03.2018
16 JUL 2017
DEPARTED
2019 JUL
KOREA
2020

비밀

당신의 비밀을 나에게 말하려거든
영문과 숫자, 특수문자를 조합하는 정도의
수고를 감수한 뒤에 신중하게 말해주세요.

비밀이라는 이름으로 포장된 마음의 짐에
나는 조금 지쳤으니까요.

#비밀상담은 #반려동물전문

삑삑
지문을 인증하세요.
삑
홍채 인식을
시작합니다.
있잖아~
오빠가 아끼던 그 컵,
그거 깨뜨린 거 나야.
철컥

길치

길치라서 좋은 점은
길을 잃었는지도 모르고 계속 가는 것.

멈추지만 않는다면
뜻밖의 풍경에 감탄하게 될 거야.

#여긴어디 #나는누구

후… 전 어디로 가야 하죠.

아저씨?

전 어디로
가야 하는 거죠?
모르면 내려,
인마!

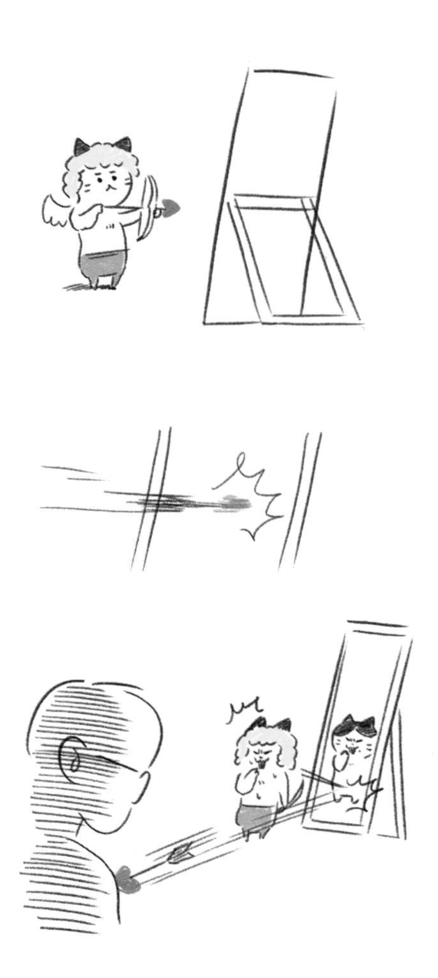

좋아해주기

오늘 하루도 걸어 다니느라 수고했다며
다리를 토닥여주자.

쉽지 않은 선택들 때문에
지쳐 있는 머리를 쓰다듬어주자.

상처받은 마음 조금 내려놓으라며
가슴을 어루만져주자.

누군가를 좋아하기 이전에
자기 자신부터 좋아해주자.

#이상형과는 #조금거리가멀더라도

눈으로만 봐주세요

제가 이상하거나 신기해 보여도
부디 눈으로만 봐주세요.

우리는 모두
하나밖에 없는 원화니까요.

#Please #Do #Not #Touch

뜻밖의 행복

집 안 곳곳에
좋아하는 향수를 뿌려두고 출근합시다.

퇴근 전에 컴퓨터 바탕 화면을
좋아하는 사람 얼굴로 바꿔둡시다.

겨울이 지나면 코트를 세탁한 뒤에
안주머니에 만 원씩 넣어둡시다.

구석구석 행복을 숨겨두고
그만 잊어버립시다.
행복한 일이 생기지 않는다면
직접 만들어야지요.

#반려동물을입양한것도 #내가만든행복이잖아요

?
묵직
맛있는 거
먹으러 가냥?

충분해

우리가 하는 고민들 중 대부분은
나 자신이 아닌
다른 누군가가 되려고 하기 때문에 생긴 것들이다.
그러므로 누군가가 되지 않아도
된다는 것을 깨달으면
우리의 고민 중 대부분은 사라질 것이다.

누군가가 되려고 하지 않아도 된다.
나는 나로서 충분하다.

#나하나도벅찬데

손님,
이건 고데기예요.

내가 그렇게 해줄게

느려도 괜찮아.
내가 발을 맞춰 걸어줄게.

넘어져도 괜찮아.
저기 있는 사람들도 다 넘어져봤으니까.

뒤처져도 괜찮아.
각자의 목적지는 모두 다르니까.

무엇보다도 네가 힘들 때
내가 옆에 있어줄게.

#동료가돼라

고마워.

참맛

이런 걸 대체 왜 돈 주고 사 먹나 싶었는데
이제는 좋은 음식을 보면
한잔하지 않을 수 없게 되었고

뻔한 사랑 이야기가 싫어 피했던 멜로 영화인데
이제는 그 뻔한 사랑 이야기에 울고 웃는다.

이해할 수 없던 것들을 이해하게 되었을 때
그 애정은 배가되는 듯하다.

#인생의쓴맛을 #알게되어서일까

견우야!!!!
미안해….

★★★☆☆
화장실 청소 3점!
★★★★☆
놀아주기 4점!!
★★★★★
간식 5점!!!
우리 집사 최고.

평점

우리는 실패할 확률을 줄이기 위해
타인이 매긴 평점을 자주 참고하지만
누군가가 매긴 평점에 휘둘려 지레짐작하면
그 대상이 사람이든 사물이든
내가 기대한 면을 찾아내기란 어려워진다.

타인이 매긴 평점에 짓눌려
내 감정을 소홀히하지 말자.
그 어떤 평점도
내가 직접 느낀 것보다 우선이 될 수는 없다.

#제점수는요 #60초뒤에공개합니다

초심자의 행운

어떤 일을 처음 시작하는 사람에게 깃드는 행운을
'초심자의 행운'이라고 한다.

초심자에게 행운이 따르는 이유는
어떤 신비한 힘 덕이 아닌
'잘해야 한다'라는 부담감으로부터
자유롭기 때문이 아닐까?

#로또를 #초심자모드로해볼까

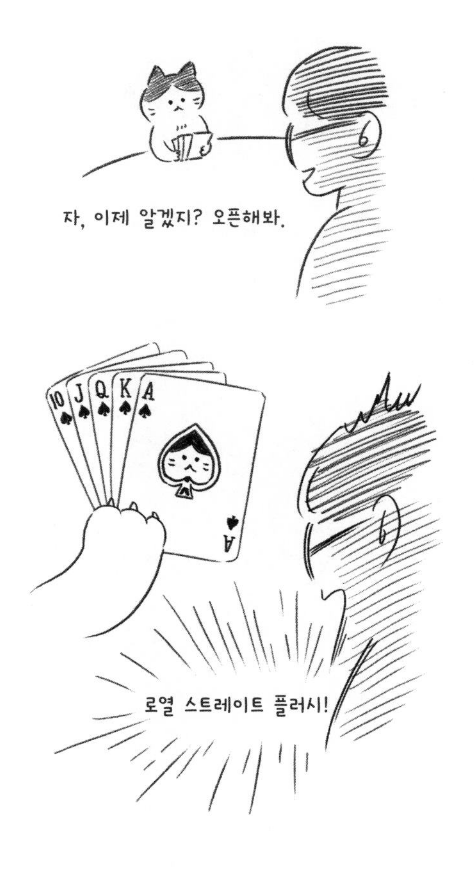
자, 이제 알겠지? 오픈해봐.
10
J
Q
K
A
A
로열 스트레이트 플러시!

백텀블링!
재밌냥!

그냥 해

초등학교 때 백텀블링을 잘하는 친구가 있었다.
그 친구는 장기 자랑 시간에 언제나 인기를 독차지했다.
하루는 그 친구가 너무 부러워
백텀블링하는 비결을 물었는데
답은 싱겁게도 '그냥 도는 것'이었다.

나는 비결을 전수받았음에도
너무 겁을 먹은 나머지 이마로 착지했고
그때의 상처는 아직도 남아 있다.

뭔가를 하고자 한다면 조금의 망설임도,
의심도 없이 그냥 해야 하는 것인가 보다.

#그냥해 #말이쉽지

한 조각

다 같이 음식을 먹다 보면
딱 한 조각, 한 숟가락이 남을 때가 있다.
옆 테이블에서도, 뒤 테이블에서도
그런 광경은 흔히 볼 수 있다.

한 조각.
어디든 이렇게 한 조각이 남는 것을 보면
우리 주변에는 배려심 넘치는 사람이 많은가 보다.

#헛살지않았어

오빠 주려고
남겨놨옹!

평범한 한마디

"괜찮아."
"네 잘못이 아니야."
"자고 일어나면 괜찮을 거야."
"수고했어, 오늘도."

근본적인 해결책은 될 수 없어도
그들의 평범한 한마디가 큰 위로가 되는 이유는
우리가 오랜 시간 같은 것들을 보고
같은 곳을 걸어왔기 때문.

#지갑안가져왔다고? #내가사는줄알고나왔다고?

지금

소풍날보다 소풍을 기다리는 시간이 더 좋았다.
여행보다 여행을 계획하는 시간이 더 두근거렸다.
복권 당첨 번호를 맞춰볼 때보다
발표일을 기다리는 시간이 더 짜릿했다.

결과에 대한 걱정이 아닌 설렘으로 가득 찬 시간들.
어쩌면 이루고 싶은 것을 이뤘을 때보다
그곳으로 가고 있는 지금이
더 재미있는 시간인지도 모르겠다.

#꽝 #부들부들

福
NOW
대박!

읽어줘서
고맙다옹.

읽어주셔서
감사합니다.

고양이처럼 아님 말고

2017년 6월 1일 초판 1쇄 발행
2017년 6월 29일 초판 2쇄 발행

글·그림 | 남씨
발행인 | 이원주
책임편집 | 김은경
책임마케팅 | 유재경

발행처 | (주)시공사
출판등록 | 1989년 5월 10일(제3-248호)

주소 | 서울시 서초구 사임당로 82(우편번호 06641)
전화 | 편집(02)2046-2853·마케팅(02)2046-2846
팩스 | 편집·마케팅(02)585-1755
홈페이지 | www.sigongsa.com

ISBN 978-89-527-7834-5 03810